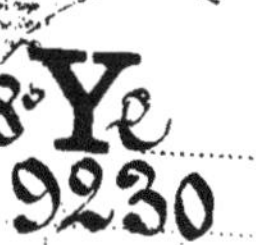

GUSTAVE CHAUDET

La Flûte et le Clairon

AVANT LA GUERRE — DANS LA MÊLÉE

POÉSIES

Avec une lettre de

M. Henri de RÉGNIER, de l'Académie française

LAUSANNE
LIBRAIRIE F. ROUGE & Cie
6, rue Haldimand, 6

1915

LA FLÛTE ET LE CLAIRON

GUSTAVE CHAUDET

La Flûte et le Clairon

AVANT LA GUERRE — DANS LA MÊLÉE

POÉSIES

Avec une lettre de

M. Henri de RÉGNIER, de l'Académie française

LAUSANNE
LIBRAIRIE F. ROUGE & Cie
6, rue Haldimand, 6

1915

LETTRE

DE M. HENRI DE RÉGNIER

DE L'ACADÉMIE FRANÇAISE

A L'AUTEUR

L'auteur de La Flûte et le Clairon *ayant eu le privilège de soumettre une partie de son manuscrit à M. Henri de Régnier, l'éminent académicien a bien voulu l'autoriser à publier la lettre suivante :*

Paris, 28 juin 1915.

Cher Monsieur,

Les poésies que vous avez bien voulu me communiquer m'ont fait une très bonne impression en leur ensemble et en leurs tons différents. Le poème du Chercheur *est une fort belle composition, éloquente en sa forme et sa pensée, écrite dans une langue très ferme et très harmonieuse. Le vers y est solide et d'une sonorité très pleine. Les autres pièces m'ont plu également.* Roses fanées, Les Diaconesses *sont d'une sensibilité délicate.* A un ami *et* Les Visionnaires *ont de la force. L'ensemble, je vous le répète, me paraît tout à fait digne d'intérêt et je crois qu'un volume de cette valeur mérite grandement de ne pas demeurer manuscrit.*

Tel est mon sentiment ; je vous l'envoie en toute franchise, très heureux de cette occasion de témoigner ma sympathie à un vrai poète et de serrer cordialement la main à un ami de la France.

Henri de RÉGNIER,
de l'Académie française.

AVANT LA GUERRE

PRÉFACE

On dira : « Ce n'est point un poète moderne,
Il a trop de la rime encore le souci,
Il partage le vers à l'hémistiche aussi ;
Il lui faudrait un peu retaper sa lanterne.

Et puis, sa rime n'est vraiment pas assez terne,
Il cultive un peu trop la consonne d'appui ;
Assurément c'est un romantique endurci
Qu'on peut traiter de haut, ainsi qu'un subalterne.

Peut-on, sans déshonneur, être à ce point gogo
Que de songer encore à pasticher Hugo ?
Que de croire en Gautier, Lamartine et Banville ? »

— Princes, j'ai comme vous mes maîtres et mes dieux ;
Mon vers, très humblement, au Parnasse est servile ;
S'il vous déplaît, tant pis, et s'il vous plaît, tant mieux !

ROSES FANÉES

Du vase aux belles figurines
Que ton amour, comme à vingt ans,
Fleurit de roses purpurines
Pour éterniser le printemps,

J'ai vu tomber, grâce adorable,
Un pétale trop tôt flétri,
Et je songe à l'Inexorable
Qui l'a si durement meurtri.

Hélas ! Le ciel veut que les roses
Dont il embaume nos sillons
S'effeuillent à peine décloses,
Chrysalides sans papillons.

Et sa volonté t'est fatale,
O toi, pauvre rosier humain,
Dont chaque jour voit un pétale
Choir dans la fange du chemin.

LES VISIONNAIRES

TOUT à leur absorbante idée,
Ils caressent leur vision ;
Leur âme entière est possédée
Par leur ardente passion.

Du monde, ils méprisent les normes,
Leurs paroles viennent d'en haut ;
Annonciateurs de réformes,
Ils ne craignent pas l'échafaud !

Pour notre humanité qui peine,
Et cherche en vain un Jéhovah,
Ils sont l'espérance sereine
Qui grise, hélas! et qui s'en va...

Et la trace par eux laissée,
Un rêve inachevé souvent,
S'efface ainsi qu'une pensée
Ecrite sur l'onde ou le vent.

Visionnaires et poètes,
Vos chants demeurent toutefois;
Il faut au monde des prophètes:
Vous êtes leur puissante voix.

Il faut un parfum à la terre,
Des roses et des papillons;
Il faut à l'homme une chimère
Qui l'aide à creuser ses sillons.

Vous êtes ce parfum sublime,
Visionnaires et rêveurs,
Qui nous séduit, qui nous ranime,
Qui donne la force à nos cœurs.

Sans vous la vie est un voyage
Sur une mer sombre et sans port,
Et le monde un triste esclavage
Dont on n'échappe qu'à la mort.

LES DIACONESSES

A Sœur Berthe Fonjallaz, Directrice
du Samaritain des enfants, à Vevey.

Elles n'ont plus de notre terre
Que la frêle attache du corps ;
Elles ont appris à se taire,
A ne point paraître au dehors.

Elles ont des règles maîtresses
Dont nulle ne doit s'écarter ;
Leur vie est faite des tendresses
Qu'elles prodiguent sans compter.

Tout en leur âme est innocence,
Et leur cœur déborde d'amour ;
A l'humaine et rude souffrance,
Elles se donnent sans retour.

A d'autres le monde et la haine,
Et tous les plaisirs du moment ;
Pour elles, la douleur, la peine
Et l'inlassable dévoûment.

Le ciel a pour lui les déesses,
Les chérubins, les purs esprits ;
Nous, nous avons les diaconesses
Qui sont les anges de nos nuits.

TRIPTYQUE

A ma femme

BÉBÉ DORT !

IL dort dans son berceau, frangé de gaze rose,
Le petit chérubin ; et sous le chaud duvet
Qui laisse à peine voir sa bouche demi-close,
Il sourit à sa mère assise à son chevet.

Elle, pieusement, auprès de lui s'attarde,
Et sur son front serein amasse des baisers
Aussi doux que les yeux dont elle le regarde,
Qu'un rayon de soleil dans ses cheveux frisés.

Elle presse ses mains, écoute son haleine,
Pure ainsi qu'un parfum de muguet au printemps,
Et devant son enfant blotti sous l'ample laine,
Elle sent que son cœur aura toujours vingt ans.

Loin du nid bien-aimé, frangé de gaze rose,
Elle ne peut, dès lors, longuement demeurer ;
Son bonheur n'est complet qu'où son ange repose,
Et l'air près de lui seul est tendre à respirer.

BÉBÉ PARLE !

Hier on disait, voyant ses prunelles ardentes
Où s'ouvrait, lentement, tout un monde ingénu,
Où palpitaient déjà tant de grâces charmantes,
Tant d'amour, d'abandon, de bonheur contenu :

« Il ne manque à Bébé, vraiment, que la parole ! »
Aujourd'hui l'angelet s'essaye à discourir ;
Il parle, et c'est un chant d'oisillon qui s'envole,
Et rend plus précieux son front doux à chérir.

Bébé, dorénavant, est un vrai petit homme;
Il a le désir prompt, le geste triomphant,
Car il ne doute pas que tout gravite, en somme,
Autour de sa fragile existence d'enfant.

Mais viendra l'heure, hélas! où l'âpre lutte humaine
Couvrira de Bébé le verbe impérieux;
Puisse sa voix, alors, hors du troupeau qu'on mène,
Libre, chanter toujours un hymne glorieux!

BÉBÉ MARCHE !

C'EST fête à la maison, car depuis ce matin
Bébé sait marcher seul et sa mère chérie
Exulte d'allégresse à son pas incertain
Qui met un rêve d'or en son âme attendrie.

Bébé chemine seul, et le gai soleil d'or
Sème de diamants son ombre vacillante ;
O divine minute ! ô mémorable essor,
Qui rend douce la vie et la mère vaillante!

Bébé sait marcher seul ; désormais ses exploits
Rempliront bruyamment l'espace solitaire ;
Bébé brisera tout, se meurtrira les doigts,
Et ce sera d'en haut la leçon salutaire.

Bébé frais et mignon, plus faible qu'un oiseau,
Le monde ouvre à tes pas un chemin de souffrance.
Y seras-tu la fleur, le chêne ou le roseau ?
Qu'importe, si ton cœur sait garder l'espérance !

NOVEMBRE

Sur les chemins, aux seuils des portes,
Où tremble un rayon de soleil,
Le vent chasse les feuilles mortes
En vols de pourpre et de vermeil.

Leur ardente polychromie
Couvre la terre d'un manteau
Comme j'en voudrais pour ma mie
En son idyllique château.

Mais des feuilles la gloire brève
Expire dans un frisson d'or,
Et, rapide comme un beau rêve,
Laisse s'obscurcir le décor.

Et je ne veux pour toi, ma belle,
Dont le cœur chante ses vingt ans,
Qu'une symphonie immortelle,
Que fleurs et parfums du printemps.

LA NEIGE

Ainsi que des papillons blancs
Dont on a détaché les ailes,
Les flocons légers et tremblants
Tombent en folles kyrielles.

Tout est glacé, silencieux ;
Les oiseaux blottis sur les branches
Ont des pleurs dans leurs petits yeux.
C'est, pour demain, des avalanches.

Le ciel est bas, couleur de plomb,
D'une pesanteur qui persiste ;
Et cependant il est profond
Comme un regard de femme triste.

Il neige, il neige, et l'on dirait
Une poursuite endiablée ;
Parfois quelque flocon distrait
S'attache à ma vitre gelée.

Il s'effiloche lentement,
Se transforme en une arabesque
Qui brille comme un diamant
Sur ma fenêtre pittoresque.

Mais déjà l'hivernal manteau
Etend sa blancheur sur la terre ;
Tout n'est plus qu'un égal plateau
Dans la campagne solitaire.

Ainsi que des papillons blancs
Dont on a détaché les ailes,
Les flocons légers et tremblants,
Tombent en folles kyrielles.

A CEUX QUI VOLENT !

DANS votre fier essor, qu'aucun mortel ne passe,
Montez toujours plus haut, vers les dieux consternés,
O conquérants du ciel, ô nochers de l'espace,
Pour qui tous les grands cœurs se sont passionnés !

Vous n'appartenez plus, héros, à notre terre ;
Il faut à votre ardeur un asile plus pur,
C'est l'abîme éternel, c'est l'effrayant mystère,
C'est l'éblouissement sublime de l'azur.

Un battement suffit à vos ailes puissantes
Pour réduire à néant les remparts d'ici-bas ;
Les hommes, enivrés de vos gloires naissantes,
S'attachent, palpitants, à chacun de vos pas.

Les princes et les rois, et le pape lui-même
Consacrent votre audace et doutent, étonnés,
A voir votre front ceint d'astres en diadème,
Si vous allez là-haut ou si vous en venez.

LES MOUETTES

Blanches messagères du nord,
Elles ont rejoint nos rivages,
Et, dans le clapotis du port,
Elles poussent leurs cris sauvages.

Leurs groupes clairs, piqués de noir,
Désormais sont maîtres de l'onde ;
Un récif est leur reposoir
Que lèche la vague qui gronde.

J'aime leur envol gracieux
Tout d'élégance et de souplesse,
Et leurs plongeons audacieux,
Et leur déconcertante adresse.

Sous le ciel morne et gris de fer,
Que frangent nos cimes neigeuses,
Elles sont l'âme de l'hiver,
Les intrépides voyageuses !

Mouettes, vous illuminez
Nos cœurs qu'assombrit la souffrance,
Et, lorsque vous nous revenez,
C'est dans un rayon d'espérance.

LES VIEILLES

A petits pas, le dos voûté,
Elles terminent leur voyage;
Leur regard est plein de bonté,
Leur parole est prudente et sage.

Elles se donnent aux enfants
Dont la naïveté repose;
Baiser de l'hiver au printemps,
De la grand'mère au bébé rose.

Elles parlent de leur passé
Avec une fière tendresse,
Et notre monde est insensé
A côté de ce temps d'ivresse.

Elles emplissent la maison
De leur activité charmante ;
Leur esprit en toute saison
Fuit loin de l'humaine tourmente.

Elles sont pour tous, au foyer,
L'ange gardien que l'on vénère,
Que chacun s'applique à choyer
Avec une grâce sincère.

Elles n'accusent point le sort
Qui vers la tombe les emporte ;
Elles nous quittent sans effort,
Comme tombe la feuille morte.

SONNETS

A UN JEUNE HOMME

A quoi sert la tristesse ? A quoi bon murmurer ?
Sur l'océan du monde où notre esprit chancelle,
Où nous voguons ainsi qu'une frêle nacelle,
Pourquoi prendre plaisir aux mots qui font pleurer ?

Pourquoi tendre ses nerfs, pourquoi vociférer
Contre les charlatans à bruyante crécelle ?
N'est-il donc, sous les fronts, plus de noble étincelle,
Et notre cœur meurtri ne sait-il plus vibrer ?

O faible adolescent, dont l'âme neuve et pure
Est telle encor qu'hier l'a faite la nature,
Dédaigne les troupeaux et les sentiers battus;

Sois digne et fier; ne hais personne; aime qui t'aime;
Ton bonheur dépendra de tes seules vertus;
Car il n'est nulle part, si ce n'est en toi-même.

IL PLEUT

Il pleut ; le ciel de suie assombrit l'horizon,
Tendant sur chaque chose un rideau de grisaille.
Dans le lointain j'entends la confuse sonnaille
D'un troupeau qui regagne à pas lents sa prison.

Sur les rameaux déserts, plus d'oiseau, de chanson ;
Le campagnard s'assied devant sa grange et bâille ;
Et l'averse crépite ainsi qu'une mitraille
Sur le toit ruisselant de la vieille maison.

Partout dans le chalet les fenêtres sont closes ;
Dans l'ombre qui grandit, la tonnelle de roses
Effeuille sous l'autan ses pétales meurtris.

La tempête implacable inonde de sa trombe
Le bocage où tu fis tant de rêves fleuris ;
Et, captif comme toi, je maudis l'eau qui tombe.

LES FEUILLES MORTES

Dans les bois elles font des tapis aux passants,
Les feuilles qui, tantôt, suspendaient des guirlandes
Aux arbres, aux buissons. En folles sarabandes
Elles ont fui soudain les rameaux jaunissants.

Elles ont craint l'hiver et ses vents gémissants
Et couvrent de leur or toutes nos plates-bandes ;
De la neige, bientôt, les blanches houppelandes
Leur feront un tombeau de plis éblouissants.

Les feuilles qui s'en vont vers la terre qui meurt
Ainsi, fatalement, une à une, sans heurt,
Seront pour nous, toujours, un sublime symbole !

Dans les bois, les jardins, leurs reflets mordorés
S'éteignent comme autant de chants désespérés,
Et c'est encore un peu de beauté qui s'envole...

PREMIÈRES SENTEURS

J'ai parcouru, tantôt, la campagne endormie.
J'ai foulé les guérets, les sentiers isolés,
J'ai rêvé dans les bois aux arbres dépouillés
Et j'ai vu le ruisseau qu'adorait mon amie ;

Joyeux, il murmurait dans l'aunaie embrunie
Où l'aurore coulait ses ors immaculés ;
La brise balançait l'herbe des jeunes blés ;
Et déjà, de l'hiver, j'ai senti l'agonie.

L'horizon frémissait ; sur un vieux pan de mur
J'ai fait fuir un pinson qui chantait à l'azur ;
Et j'ai vu roucouler des couples de mésanges.

Et soudain, en mon âme, ineffable réveil,
J'ai senti le printemps, tout d'amour, de soleil,
Qui descendait du ciel sur les ailes des anges.

JE RÊVE A L'AUBE HEUREUSE...

Je rêve à l'aube heureuse où, d'un cœur fraternel,
Les hommes uniront leur joie et leur souffrance;
Mais leur prunelle éteinte est morte à l'espérance,
Et le ciel n'entend point leur sanglot solennel.

Je rêve d'un bonheur ineffable, éternel,
Fait d'amour, d'équité, de noble déférence;
Mais je ne vois partout qu'envie, intolérance,
Esclavage qu'impose un orgueil criminel.

Le poète s'élève en vain vers l'empyrée,
Nul écho ne répond à sa voix inspirée.
Les âmes ont du plomb dans leur aile d'azur.

Et la tempête monte, effrayante et sans trêve,
Voilant tout l'horizon d'un large crêpe obscur,
Et je demeure seul, dans l'ombre, avec mon rêve...

CRÉPUSCULE

C'EST le soir. Tout se tait, tout dort à la campagne ;
Dans le lointain se meurt le dernier chant du jour.
Les villages, les bois et les monts d'alentour
Se drapent dans la nuit que la brise accompagne.

Soudain l'air a fraîchi. Là-haut, sur la montagne,
Dans son nid de rocher s'abrite le vautour ;
Le bûcheron, hâlé, fatigué, sans détour,
Redescend, à pas lents, vers son humble compagne.

Une étoile scintille; et l'haleine des prés
Embaume nos pensers, nos cœurs énamourés.
Des bruits mystérieux passent dans le silence...

Et les cloches, là-bas, s'égrenant dans la nuit,
Donnent comme une voix à cette heure qui fuit,
Qui s'efface déjà dans la pénombre immense!...

L'ÉTAU

DOCILE à l'ouvrier qui se rit de l'effort,
La mâchoire d'acier, en une étreinte sûre,
Lentement se referme, et sa rude morsure
Fait grincer sourdement l'obstacle qui se tord.

Alors le compagnon, l'œil clair et le bras fort,
Donne son âme au lourd métal qu'il transfigure;
Et quand l'œuvre a reçu le galbe et l'envergure,
Il desserre l'étau qui lâche son poids mort.

L'homme est ce métal brut, et l'étau, c'est le monde,
Mais qui, loin d'embellir sa nature féconde,
Paralyse son geste et le fait tout petit.

L'homme, dès lors, n'a plus ni transports, ni chimères,
Il était né héros, il se sent décrépit,
Nivelé, raboté, pareil à tous ses frères.

LE CHERCHEUR

LE CHERCHEUR

Et l'Homme s'arrêta sur la vaste prairie
Où tant de fois, déjà, son âme endolorie
Avait crié sa plainte à la brise du soir ;
C'était là qu'il venait quand, pris de désespoir,
Désemparé, vaincu par l'existence amère,
Il voyait fuir encor quelque douce chimère...
Et dès lors, dans son cœur plein de haine et de fiel,
Il maudissait la vie et la terre et le ciel.

Le printemps avait mis son manteau d'émeraude
Sur les prés, d'où montait comme une haleine chaude ;
Les oiseaux gazouillaient dans les arbres en fleurs,
Gigantesques bouquets aux fragiles couleurs...
Le monde semblait pris d'une divine ivresse.

Mais l'Homme, devant cette ineffable allégresse,
Demeurait insensible ; en son cœur abusé,
L'expérience avait, goutte à goutte, versé
Le doute flétrisseur et la désespérance.
Ainsi qu'un ingénu qui, follement, s'élance
Vers son illusion, il s'était, confiant,
Immolé pour l'idée et voyait, souriant,
Se lever l'aube rose où l'humanité neuve,
Victorieuse enfin de sa dernière épreuve,
Resplendirait de joie et de fraternité ;
Apôtre généreux, par son rêve exalté,
Il avait voulu croire à l'art, à la justice,
A la foi triomphante, au bien sans artifice,
Et n'avait vu partout qu'égoïsme, laideur,
Faiblesse, hypocrisie et factice grandeur.
Vainement, il avait lutté dans la mêlée,
Défendu la beauté, la vertu mutilée...
Le monde avait souri de son apostolat,
Et sachant à quel point on y peut être ingrat,

Désormais, il allait, épave misérable,
Ballotté par le flot du siècle inexorable...

* * *

Un soir, dans l'ombre calme où s'apaisent les maux,
Il entendit quelqu'un qui prononçait ces mots :
« Espère, espère encor ; l'aurore d'harmonie
« Un jour éclairera l'humanité bénie.
« Hontes et désespoirs, Zoïles et Judas
« Sont parmi les mortels comme s'ils n'étaient pas.
« Loin de l'insatiable égoïsme des villes,
« Loin des spectacles vains et des hommes serviles,
« S'élèvent, dans la paix, des temples généreux :
« Sache les découvrir et tu seras heureux !
« Ils n'ont point, dans l'azur, de coupole dorée,
« De clocher provocant qui perce la nuée,
» De prêtres solennels aux longues oraisons,
« D'ombre qu'on dirait sœur de l'ombre des prisons ;
« Ils n'ont point de credo, de tables prophétiques,
« Ni d'anciens, ni d'autel, ni de rites mystiques ;
« Temples de l'avenir, ils sont ouverts à tous ;
« Car leurs dieux ne sont point courroucés et jaloux.
« Le seul encens qu'on y respire est l'espérance.
« Homme, demande-leur d'apaiser ta souffrance,

« Ouvre ton cœur, suis leurs conseils, entends leurs voix,
« Et tu retrouveras ton ardeur d'autrefois. »

* * *

L'Homme se mit en marche et son regard de juste
Sondait, ivre d'espoir, le firmament auguste.
La vie, ainsi qu'un chant céleste, palpitait,
Et l'âme, soulevée en plein rêve, sentait
Naître subitement des puissances nouvelles.
Ouvertes dans l'azur, deux fantastiques ailes
Couvraient de leur blancheur un temple audacieux
Qu'on eût dit élevé pour conquérir les cieux.
Les cèdres, à ses pieds, semblaient des touffes d'ombre,
Et tandis que sa base, amas informe et sombre,
Plongeait dans un étang de brume et de sommeil,
Son fronton radieux baignait en plein soleil.
Des mots de diamant enchâssés dans la pierre
Disaient — et leur éclat offensait la paupière — :
« C'est ici des humains le temple solennel,
« De la Fraternité sanctuaire éternel ! »
Ainsi que, dans la nuit, soudain brille une torche,
Illuminé d'espoir, l'Homme franchit le porche.
« Voici donc, se dit-il, les justes, les élus,
« Ceux qui touchent au but, ceux qui ne doutent plus,

« Ce sont les bons, les purs, les vertueux, les sages... »
Un sourire éternel éclairait leurs visages...
Et soudain, dans son âme, un doute affreux coula :
« Où donc ai-je, dit-il, vu ce sourire-là ? »
Et leurs lèvres parlaient : « Frère, que Dieu t'exauce !... »
« Où donc ai-je entendu, dit-il, cette voix fausse ? »
Alors, pris d'un soupçon atroce, l'Homme eut peur.
Là comme ailleurs, hélas ! le verbe était trompeur ;
La main serrée était dans la main molle et flasque,
Et dans sa chair chaque visage était un masque.
Tels qui s'étaient juré fraternité, secours,
Le lendemain déjà s'oubliaient pour toujours.
Tel autre, qui voulait régénérer le monde,
Se découvrait soudain un imposteur immonde ;
Là, nul ne connaissait l'humble sincérité
Sans qui n'est nulle part ni beauté, ni bonté.
Tout n'était qu'apparence et façade brillante ;
Les hommes s'embrassaient, et l'âme défaillante,
Dont le corps répondait à ces embrassements,
Disait dans un sanglot à ce traître : « Tu mens ! »
L'Homme tourna le dos, franchit le porche austère
Et reprit, soucieux, sa route solitaire.

* * *

Le temple de l'Amour apparut au sommet
D'une haute colline où le jour s'endormait.
Dans l'alanguissement berceur des rythmes souples,
C'était le langoureux enlacement des couples.
La nuit brune et la blonde aurore des cheveux
Derrière elles laissaient un sillage d'aveux,
Un remous de parfums, comme une vague immense,
Où sombrait la raison, d'où sortait la démence.
Où la raison régnait, c'était bien pis encor:
La dignité foulée à tes pieds, ô Veau d'or!
L'honneur mis à haut prix, l'innocence vendue;
Sur d'odieux contrats la honte suspendue;
Et, suprême rançon de ces abjects troqueurs,
Le mépris dans les yeux, la haine dans les cœurs.
Voilà ce qu'ils ont fait, Seigneur, de l'hyménée!
Est-ce donc pour subir cet affront qu'Ève est née?
Et comme le Chercheur s'éloignait à grands pas,
Une voix montant de son cœur lui dit tout bas:
« Ce que tu cherches n'est nulle part sur la terre;
« L'amour vrai, l'amour pur est un divin mystère,
« Sans temples, sans coran, sans prêtres, sans autels.
« Ceux que sa flamme anime, il les rend immortels.
« Immortels, ils ne sont d'aucun lieu, d'aucune heure.
« Seul de tout ce qui vit, un tel amour demeure,
« Et quand tout sombrerait dans l'éternelle nuit,

« Il planerait encor sur l'univers détruit. »

* * *

Le Chercheur descendit la colline endormie,
A son cœur orageux cherchant une accalmie
Dans la paix des sillons, sous le couvert des bois
Où la nature parle à l'homme à demi-voix.
Dans le creux d'un vallon, un reste de lumière
Ebauchait vaguement une étrange chaumière,
Où, sur les murs phosphorescents, ces mots d'effroi
Annonçaient : « C'est ici le Temple de la Foi. »
L'homme frappa trois coups à la masure basse :
Inutiles appels : l'hirondelle qui passe
Réveille plus d'échos dans le ciel endormi.
Alors, impatient, il ouvrit à demi
La porte de sapin : la cabane était vide.
Mais à peine eut-il fait un pas, l'ombre livide
Cria d'un accent rude et qui longtemps s'est tu :
« Toi qui viens profaner mon seuil, que me veux-tu ?
« Homme, si cette enceinte, autrefois vénérable,
« Est vide, c'est la faute à ta foi misérable
« Qui de rien de sacré ne sait trouver le fond.
« Où les hommes n'adorent pas, les dieux s'en vont.
« La foi, qui te devrait emplir d'ardente flamme,

« Ne te sert qu'à couvrir les laideurs de ton âme.
« Ton verbe est creux comme l'airain qui retentit.
« Tout ce qui passe en ton esprit devient petit,
« Et la divinité qui s'y voit outragée
« Est sans logis plutôt qu'être si mal logée. »

*
* *

Sur le sommet d'un roc par les vents souffleté,
Et l'abîme béant sous lui de tout côté,
Un énorme palais se tient en équilibre.
« En ce temple l'homme entre esclave, il en sort libre. »
Ainsi dit le fronton. En ce lieu plein de vent,
La Justice se rend moins qu'elle ne se vend.
Aux dés, quand ce n'est pas aux cartes, on la joue.
Aux juges noirs qui la frappent sur une joue,
Elle tend l'autre ; ainsi le veut le Christ sanglant
Qui sur les murs de deuil dresse son spectre blanc.
Quiconque entre, qu'il laisse au seuil toute espérance !
Là, du bon droit à l'autre, il n'est de différence
Que celle du sac d'or au billon de nickel.
Innocent ou coupable ? Eh ! qui dira lequel,
A voir l'inépuisable et morne procédure,
S'il n'est d'autre moyen pour hâter de conclure ?
Seul le Veau d'or peut, calme, attendre son arrêt.

Malheureux, malheureux ! Qui de vous le pourrait ?
Qui peut se hasarder sur ta route, ô Justice !
Sans qu'un peu de lui-même à jamais s'engloutisse ?
Si ton or et si ton honheur n'y suffit point,
Tu te verras couper le bras après le poing ;
Et si quelque intérêt en forme la requête,
Le glaive de Thémis te tranchera la tête.
La vie aussi s'abrège à ton ombre, ô prison !
Et quand la vérité de l'erreur a raison,
Et quand la lourde porte ouverte enfin délivre,
S'il est tôt pour mourir, il est trop tard pour vivre.

* * *

Enfin l'homme atteignit, dans un site écarté,
Un temple qu'on disait le Temple de Beauté...
O Platon ! pur esprit en qui l'homme s'achève,
S'il est vrai que le Beau soit la splendeur du Rêve,
Et s'il faut pour l'atteindre aller jusqu'aux sommets,
Les hommes d'aujourd'hui ne rêvèrent jamais.
Un rayon d'idéal jamais en leurs yeux n'entre.
Ils sont petits, petits ; ils rampent à plat ventre ;
S'ils sautent, ce n'est pas plus haut que les crapauds.
Leur art est parallèle aux plus abjects tripots.
Ce qu'ils conçoivent fange, ils l'exécutent boue ;

Ce qui vient de l'égout retourne à la gadoue.
Tes prêtres sont bien faits pour ton culte, ô Laideur !
Ceux qui n'ont pas l'inconscience ont l'impudeur.
La naïveté même est chez eux imposture,
Et ce qu'ils ignorent le plus, c'est la Nature.
O Nature ! Il n'est pas d'infâmes attentats
Que n'aient à tes dépens commis ces apostats.
Mais de te mieux connaître ils sont sans doute indignes.
Que d'autres, exprimant tes couleurs et tes lignes,
Chantent de l'univers l'éternelle beauté ;
Eux, qu'ils soient dans leur ombre et dans leur cécité !
Homme, va-t'en d'ici ! Poursuis un autre exemple !
Les prêtres de Beauté ne sont pas dans ce temple,
Mais ceux de la Folie et de l'inepte Orgueil !

* * *

Le Chercheur, effrayé, recula jusqu'au seuil
Et descendit le flanc de la colline noire.

La voix le rappela : « Reviens ! Homme, il faut croire.
« Sois plus grand que ceux-là ! Cherche et sois confiant
« En l'art pur et divin qui poursuit, patient,
« Sa longue ascension. L'homme ne vit qu'une heure,
« Tandis que la Beauté, don céleste, demeure. »

Plus triste que jamais, le Chercheur répondit :
« O voix d'en haut qui m'encourages, tu l'as dit :
« L'homme ne vit qu'une heure, et puis le vent l'emporte;
« Mais ceux-ci, mais l'infâme et stupide cohorte,
« Ceux qui profanent l'Art, la Justice, l'Amour,
« Ils sont là, qui font leur sabbat, jour après jour ;
« Le temps leur appartient, ils ont pour eux l'espace ;
« Ils demeurent, tandis que l'humanité passe,
« Au temple d'Idéal en vain cherchant un lieu. »

Et la voix dit : « L'espace et le temps sont à Dieu !
« L'Idéal ne meurt pas. Qu'importe, en la tempête,
« Qu'il n'ait pas une pierre où reposer sa tête,
« Pas un temple, pas un parvis, pas un autel ?
« Que peut de l'éphémère espérer l'immortel ?
« Entre ce monde et lui qu'importe le divorce ?
« Il est la vérité, l'éternité, la force,
« Il a le temps, l'espace, et quand il lui plaira,
« Sa splendeur sur la terre obscure éclatera !
« Pour l'homme elle sera comme un nouveau baptême,
« Et les cœurs seront pleins de la bonté suprême.
« Des trésors sont cachés dans l'abîme des temps,
« Et toute la sagesse est dans ce mot : Attends !
« Attends, espère encor ; l'aurore d'harmonie
« Un jour éclairera l'humanité bénie.

« Hontes et désespoirs, Zoïles et Judas
« Sont parmi les mortels comme s'ils n'étaient pas.
« Loin de l'insatiable égoïsme des villes,
« Loin des spectacles vains et des hommes serviles,
« S'élèvent, dans la paix, des temples généreux.
« Sache les découvrir et tu seras heureux !
« Mais ne les cherche point autre part qu'en toi-même ;
« C'est en toi, dans ton cœur, qu'est ton trésor suprême
« De vertu, de grandeur, de force et de beauté.
« C'est en toi qu'écloront, dans leur fécondité,
« Les germes souverains qui font les âmes hautes.
« Tu peux faillir : du moins, seul rachète tes fautes ;
« Sois l'ouvrier sacré de ce jour idéal
« Où la terre vivra l'éternel floréal,
« Où les hommes, enfin, se reconnaissant frères,
« Honteux de leur passé, tout saignants de leurs guerres,
« Abjurant leurs laideurs et leurs instincts mauvais,
« Travailleront ensemble au grand œuvre de paix !
« Au temple d'Avenir, comme eux tous, mets ta pierre,
« En l'élevant d'abord en ton « moi » solitaire ;
« Alors l'esprit humain, par toi régénéré,
« Sentant sonner le glas d'un jadis abhorré,
« Renaîtra, noble et pur, à la nouvelle aurore !
« Homme, je te le dis, espère, espère encore !
« Les beaux jours ne sont pas venus, mais ils viendront ! »

Alors l'homme sentit descendre sur son front
Le baume bienfaisant d'une fraîche rosée.
L'espérance rentra dans son âme apaisée ;
Il se retrouva calme, il se retrouva fort,
Il vit d'un œil égal et la vie et la mort,
Joyeux d'avoir en lui sa pensée affermie.

Puis il redescendit vers la ville endormie.

PROMENADE PRINTANIÈRE

La nature, dans un sourire,
S'éveillait au soleil d'avril,
Et nous allions, sans rien nous dire,
Tout à notre innocent exil.

Dans l'air pur flottaient des haleines
Grisantes comme notre amour,
Et le murmure des fontaines
Chantait doucement alentour.

Et des touffes de primevères
Piquaient de leurs corolles d'or
Les pâturages, les clairières,
Frais et délicieux décor.

Et ta voix se mêlait, câline,
Aux chuchotements du printemps ;
Nos cœurs, ô minute divine !
Brûlaient de désirs palpitants.

Nous nous assîmes, en silence,
Au bord du sentier montueux,
Et ce fut une vague immense
Qui nous emporta tous les deux...

LE VIEUX SONNEUR

NOEL ! Jadis ce mot mettait une étincelle
Aux yeux du vieux sonneur, mais Jérôme, ce soir,
Se sent mélancolique et son âme chancelle
Car il devra bientôt quitter son clocher noir.

Noël ! Noël ! Ce chant radieux d'espérance,
Il l'immortalisait à l'antique beffroi !
Alors, il exultait, et les sons, en cadence,
Emplissaient le clocher, semaient un saint émoi.

Et c'était, sur la ville, une vague profonde,
Harmonieuse, douce, et qui berçait le cœur.
Noël ! Noël ! Partout s'égrenant à la ronde,
Le message arrivait, généreux et vainqueur.

Le bon Jérôme, hélas ! courbé sous les années,
A vu fuir, impuissant, sa force d'autrefois ;
Il s'est fait invalide à lancer aux nuées
Sa pieuse chanson, sa consolante voix.

Pour la dernière fois, dans sa tour solitaire,
Il donnera la vie à sa cloche d'airain,
A celle qui, là-haut, dans l'ombre et le mystère,
Fut son unique amour et tout son lendemain.

Et cette heure suprême est, pour lui, solennelle.
Pourra-t-il supporter l'épreuve de ce jour ?
L'émotion le gagne et mouille sa prunelle,
Tandis que la pénombre enveloppe la tour.

* * *

D'un beau geste, Jérôme a mis la cloche en danse ;
Il lutte sous l'effort, trébuche, se roidit,
Et l'énorme bourdon, mollement, se balance,
Au-dessus des humains, dans ce modeste nid.

Il demeura vaillant, jusqu'au bout, sans relâche ;
Puis la cloche se tut. Alors, avec honneur,
Jérôme repartit, ayant rempli sa tâche.
Et le ciel emporta l'âme du vieux sonneur.

A QUELQU'UN QUI NE VEUT PAS SE COMPROMETTRE

Ainsi, monsieur l'esprit prudent,
Vous ne voulez pas d'incident,
C'est toujours d'un mauvais présage;
Vous êtes de tous les bateaux,
Et des anciens et des nouveaux,
Partout l'on vous fait bon visage.

Votre air paterne et radieux,
Vos entretiens dévotieux,
Et votre froideur politique
Vous épargnent les ennemis ;
Et dès lors tout vous est permis,
Chacun vous trouve sympathique.

D'ailleurs pourquoi se mettre en frais
D'opinion, même au rabais,
Quand ceux qui n'en ont pas sont dignes ?
Ce qui convient à votre goût,
Ce que vous recherchez surtout,
Ce sont de faciles consignes.

Et si, tout à votre intérêt,
Vous laissez ce qui compromet,
Il n'y a pas de votre faute.
Pourtant, à toujours caresser
Afin de ne jamais froisser,
Cela ne rend pas l'âme haute !

Si doux que soit votre bonheur,
Il baigne dans le déshonneur.

J'exècre ces natures viles
Qui ne savent pas dire non,
Qui sont à Dieu comme à Mammon,
Et prêchent tous les Evangiles !

JE N'IMITERAI PAS...

JE n'imiterai pas ceux qui cherchent la gloire
Et qui n'ont qu'un souci : flatter l'opinion ;
Ceux qui ne savent plus à quel saint il faut croire,
Qui n'ont pas plus d'honneur que de religion.

Ceux-là sont trop petits pour ta grande lumière,
Ils ne méritent pas ton sceptre sans pareil,
Et tu planes trop haut, et ton aile est trop fière
O gloire dont l'éclat éblouit le soleil !

*
* *

Je n'imiterai pas la cohorte profonde
De nos graves rabbins, aux gestes onctueux,
Qui voudraient que la vie uniquement se fonde
Sur leurs crédos sacrés autant que nébuleux !

La vie est un tissu de bonheur et de haine,
Goûtons-la comme elle est, avant que d'être las.
Si nous voulons la voir plus noble et plus humaine,
Aimons-nous, aimons-nous, ne la compliquons pas !

*
* *

Je n'imiterai pas les critiques modernes,
A la plume pédante, au regard protecteur,
Qui n'ont jamais écrit que quelques pages ternes
Et qui, pour juger l'œuvre, aunent d'abord l'auteur.

Cette critique-là ne vaut pas qu'on la lise,
Bien qu'elle porte, ici, haut de forme et gants blancs ;
Laissons-la déballer sa vaine marchandise,
Les maîtres, chacun sait, ne sont pas dans ses rangs !

*
* *

Je n'imiterai rien, je veux être moi-même
Puisque tout ce qu'on voit n'est que mensonge et fard ;
Au banquet de la vie, insondable poème,
Si je mange, du moins, j'y mangerai ma part !

A UNE JEUNE FILLE

TEL l'oiselet, au bord du nid
Hésite vers l'espace immense,
Et regarde, tout interdit,
De l'humanité la démence,

Tu songes au moment heureux
Où tu pourras, jeune hirondelle,
Prendre comme l'oiseau des cieux
Ton vol humain, à grands coups d'aile !

Puisses-tu, lors, monter très haut,
Déchirer nos terrestres voiles,
Car là seul est le bien, le beau,
Près des immortelles étoiles !

AINSI QU'UN PÈLERIN...

AINSI qu'un pèlerin qu'une étoile conduit,
L'homme suit son sillon, fidèle, dans la nuit ;
Et son regard s'attache à la lueur timide
Qui, là-haut, vers la nue invisible le guide ;
Il va du même pas monotone, incertain,
Sachant son impuissance en face du destin ;
Il ne s'efforce plus de percer le mystère
Qui le rend sociable et pourtant solitaire ;
Il s'en va lentement, heureux si quelquefois

Le sourire et l'espoir renaissent sous sa croix.
Puis, comme il est venu, suivant sa destinée,
Il s'en retournera, sa tâche terminée ;
Et de tout ce qui fut ses efforts, son passé,
A peine reste-t-il un sillage effacé !

Cependant pour chacun, durant le court voyage
Qui précède, ici-bas, le grand pèlerinage,
Sont quelques doux instants où l'on dirait, soudain,
Qu'une vive lumière éclaire le chemin,
Et la clarté grandit, nous gagne, nous inonde,
Comme si tout l'azur descendait sur le monde ;
L'homme, en ces heures-là, dans un brusque transport,
Trouve la vie heureuse et, se sentant plus fort,
Croit à la mission de nos âmes damnées,
Auguste mission qui, malgré les années,
Nos tristesses, nos deuils, nos erreurs, nos combats,
Se poursuit sûrement, en secret, pas à pas.
Alors tout lui sourit ; les amis en cortège
Célèbrent ses vertus, le sort qui le protège,
Les fleurs ornent sa table et de nobles discours
Illustrent ses talents et son nom pour toujours.
Puis, l'étape franchie et la nuit revenue,
L'homme repart, sans bruit, vers sa route inconnue...

DANS LA MÊLÉE

DANS LA MÊLÉE

NON, je ne fuirai pas l'effroyable mitraille
Qui met l'Europe à sac, qui sème la douleur
Parmi tant de foyers ; quand chaque âme tressaille
Lequel de nous pourrait laisser taire son cœur ?

Je n'écouterai pas ces esprits sublunaires,
Dispensateurs d'amour, d'oubli, d'humanité,
Qui n'ont jamais rien pu pour empêcher les guerres
Et qui, l'ennemi là, désertent la cité.

Je veux être de ceux qui sont dans la mêlée,
Qui font le coup de feu, qui méprisent la mort,
Qui savent ce que c'est qu'un drapeau, qu'une idée,
Et qui, pour le pays s'offrent avec transport.

Les poètes n'ont-ils à cette heure héroïque
Plus d'ivresse, de voix, plus d'accents généreux ?
Poètes, c'est à vous, à votre chant magique
A verser quelque espoir en nos cœurs malheureux.

Votre lyre à jamais enflammée, immortelle,
Renforcera nos bras, soutiendra nos assauts,
Et fera qu'emportés par une ardeur nouvelle
Partis petits soldats, nous reviendrons héros !

A LA SUISSE !

SEULE, au milieu du feu qui dévore l'Europe,
La Suisse, étroit îlot que la flamme enveloppe,
Demeure invulnérable, et de ses hautes tours,
Qui dressent vers le ciel leurs paisibles séjours,
Elle voit des humains les hordes effrénées
Partout s'entre-choquer, décimer leurs armées,
Et dans le sang, le vol, l'attentat, la terreur,
Assouvir lâchement leur haine et leur fureur.
L'homme rêvait de paix, de progrès, d'harmonie,
Son cœur n'était qu'amour, que clémence infinie,

Et voilà que soudain le monde est un enfer
Et l'homme devenu pire que Lucifer ;
Il forfait à l'honneur, il trahit sa promesse,
Insulte la beauté, l'enfance, la vieillesse,
Eclaboussant d'un coup, de ses atrocités,
Nos plus fermes espoirs avec nos libertés.
L'homme rêvait... ô rêve épouvantable, atroce,
Qui mutile le genre humain à coups de crosse !

Mais parmi ce brasier où chevauche la mort,
L'îlot suisse devait demeurer fier et fort.
O terre d'Helvétie, incorruptible et digne,
Sol par tous respecté pour ta noble consigne,
C'est à toi, désormais, l'auguste mission
De sauvegarder la civilisation !
Les peuples emportés par leur lutte illusoire,
Prudents, t'ont dévolu cette suprême gloire.
Dès lors, notre vieux monde, impie, agonisant,
Peut crouler tout entier. Sur son orgueil gisant,
L'étincelle par toi du naufrage épargnée
Eclairera, demain, l'Europe nouveau-née !

A NOS SOLDATS !

Silencieusement, vous montez votre garde,
Sans gloire, l'arme aux pieds; confiants, vous veillez
Sur nos foyers, sur le pays qui vous regarde.
Votre oreille est tendue et, quand vous sommeillez,
Vos yeux restent mi-clos, car la nuit est perfide
Et nul ne sait ce que nous réserve demain.
Par l'ouragan terrible ou sous le ciel limpide,
Malgré le rude hiver, les fatigues, la faim,
Vous demeurez, obscurs héros, à votre poste,
Sans vous plaindre jamais ; et vous vous apprêtez

A faire à l'ennemi glorieuse riposte
S'il tentait d'outrager nos monts et nos cités !
Calmes, vous écoutez, au loin, la fusillade
Qui crépite et répand partout le sang, la mort,
Respectueuse encor de votre barricade ;
Et vous vous demandez ce qu'apporte le sort,
Ce qu'il peut exiger, bientôt, de notre armée,
Ce qui demeurera de notre vieux drapeau !
O vigilants gardiens de notre Suisse aimée,
Que chacun, devant vous, mette bas son chapeau.
L'histoire redira votre belle constance,
Combien vous fûtes grands en ces jours soucieux ;
Et ce sera, pour vous, la douce récompense
D'avoir été des fils dignes de nos aïeux !

AU PEUPLE BELGE !

Honneur à toi, vaillant parmi les plus vaillants !
Peuple au mâle idéal, dont les exploits brillants
Ont immortalisé la terre et la mémoire !
Honneur à toi par qui notre siècle sans gloire
Est réhabilité ! Tu vivais, confiant,
Dans la paix, le travail, l'espoir vivifiant,
Tes poètes chantaient, ô musique bénie,
Des hymnes à l'amour, à la joie, au génie,
Lorsque, subitement, s'assombrit ton destin :

. . . .
. . . .
. . . .
. . . .
. . . . *

Il te restait ce choix : la honte ou la bataille ;
Tu préféras la lutte et te montras de taille !
Plutôt que de survivre en peuple méprisé,
Plutôt que de souiller ton immortel passé,
Splendide, tu versas ton sang en abondance.
Tu faillis succomber. Mais la horde en démence,
Qui comptait t'asservir d'un seul coup de canon,
Apprit, de tes enfants, à respecter ton nom !

* **Passage supprimé par l'auteur, au dernier moment, pour raison d'opportunité.**

A UN AMI
TOMBÉ POUR LA FRANCE

Ainsi, mon brave ami, je ne te verrai plus,
Et les plaintes, les désespoirs, sont superflus;
Tes yeux se sont fermés au doux ciel de la France,
Sur ce sol où ton cœur puisait tant d'espérance.
Je ne sais de ta mort si noble de soldat
Que ce que m'en ont dit tes frères de combat.
Tu mourus en héros, cela me réconforte;
Pour le pays aimé, qu'un grand souffle transporte,
Tu donnas, fièrement, ton sang, ton avenir.
Dors en paix, mon ami, déjà semble rosir

L'aube qui vengera le passé, la justice,
Qui verra l'ennemi vider son plein calice
De hontes, de méfaits, d'attentats odieux
Dont tremblent les humains, dont se voilent les dieux !
Vaillant ami, ta mort n'aura pas été vaine,
De la France elle sert la victoire prochaine,
La victoire du droit et de la liberté
Sur la force brutale et sur l'iniquité.
Obscur petit soldat d'une héroïque armée,
En te sacrifiant pour la patrie aimée,
Tu fis mieux que garder l'honneur de ton drapeau :
Tu sauvas l'étendard de l'univers nouveau !

L'ENFANT

La mère a préparé le petit sapin vert
Dans la chambre où la nuit, lentement, est tombée;
Et comme l'aquilon filtre partout, l'hiver,
Elle a jeté, dans l'âtre, un tronc, à la flambée.

Puis, quand l'heure est venue, ayant pris les enfants
Tendrement, par le cou, par leurs menottes roses,
Elles les a conduits, joyeux et triomphants,
Vers l'arbre surchargé de mille bonnes choses.

Alors, du haut du ciel, descend la voix d'airain,
Que toute âme comprend, malgré son ignorance,
La voix d'éternité, dont l'accent souverain
Remplit les cœurs d'amour, de paix et d'espérance.

Devant l'arbre tendu de fils d'or et d'argent,
Brillent des yeux pleins d'un bonheur que rien n'altère ;
Et maman leur sourit à son tour, en songeant
A celui qui, là-bas, pense aux siens, solitaire.

Car pour que la Patrie ait tous ses défenseurs,
Voilà cinq mois que le foyer n'a plus de père ;
Mais les cœurs sont vaillants et, comme font ses sœurs,
Héroïque, l'épouse attend, travaille, espère.

Pourtant l'un des petits remarque tristement
Qu'autour du beau sapin une place est déserte,
Celle où papa s'assied, à côté de maman,
Et ce vide prévu déjà le déconcerte.

La mère, gentiment, cherche à l'encourager,
Lui parle de la guerre aux sévères consignes,

De nos vaillants soldats, du pays en danger,
Du devoir de papa d'être aux premières lignes.

Mais un éclair, soudain, brille aux yeux du petit,
Il comprend, la clarté remplit son âme entière,
Et sa voix, comme un coup de clairon, retentit :
« Maman, je veux aussi partir à la frontière ! »

LES OBSCURS

Je songe aux inconnus, à ces héros obscurs
Dont nul ne parlera qui, simples, en silence,
Défendent pied à pied nos villes, nos vieux murs,
Et qui mourront un jour dans la mêlée immense.

Ceux-là n'auront ni croix, ni médailles, ni fleurs,
Ni même de tombeau ; dans la commune fosse
On couchera leur corps, loin de tout, loin des leurs,
Qui demeureront seuls avec leur deuil atroce.

O guerriers inconnus, vous êtes les plus grands!
Qu'importe votre nom et qu'importe l'histoire,
Si, fiers d'être soldats, splendides conquérants,
Vous avez su mener la France à la victoire !

L'ÉGLISE

DANS le brouillard épais, telle une sentinelle
Avancée et sans peur, l'église, solennelle,
Du milieu du village observe l'horizon.
Sa flèche de granit émerge d'un buisson
De rouille et de verdure et pique droit la nue,
D'où tombe une moiteur glacée et continue.
Le rude hiver menace et, depuis plusieurs mois,
C'est pour tous les foyers d'effroyables émois,
Car la guerre, qui met à sac l'Europe entière,
A frappé jusqu'à la plus sordide chaumière.

Ce qu'était, hier encor, le hameau plantureux
Tout baigné de soleil, tout à ses gars heureux,
Nul ne l'eût soupçonné devant ces noirs décombres
Que la mort recouvrait de ses deux ailes sombres.
A la hâte, on avait transporté les blessés
Dans la petite église, aux murs éclaboussés,
Et les ambulanciers, simplement, sans relâche,
Avaient continué leur généreuse tâche.
Tombé l'un des premiers, sous le plomb ennemi,
Le prêtre du village avait été parmi
Les plus audacieux. C'était une âme fière
Que le ciel rappela, sur le front de bandière,
Alors qu'il bénissait, grand comme tous les siens,
La glorieuse ardeur de ses paroissiens.
Un soldat, un héros, au fort de la bataille,
Avait soustrait son corps, criblé par la mitraille,
Aux profanations des vainqueurs irrités,
Dont on ne connaissait que trop les cruautés.
Et dans ce court moment de tragique accalmie,
La troupe, par la lutte à nouveau raffermie,
Voulut au soldat-prêtre endormi sous le feu,
Respectueusement, dire un suprême adieu.
Alors d'un peloton, dont il restait seul maître,
Un sergent s'avança, que l'on reconnut prêtre.
Près du mort souriant, dans la chapelle entré,

Grave, il s'agenouilla, par la troupe entouré,
Et resta longuement, récitant à voix basse,
La prière des morts ; il se voila la face,
Puis, s'étant relevé, dans le silence lourd
De la petite église où s'éteignait le jour,
Il implorait le ciel pour les saintes victimes
Dont la guerre montrait les dévoûments sublimes.
Et comme il célébrait, en termes attendris,
L'élan de ses soldats, de ses braves amis,
Un bruit épouvantable ébranla la chapelle,
Et l'on vit, du clocher, jaillir une étincelle.
C'étaient les Prussiens, dont le bombardement
Reprenait, dans la nuit, son œuvre de dément !
Le prêtre, sans broncher, acheva sa prière,
Fit porter les blessés dans le vieux presbytère,
Et les obus partout, autour de lui, sifflant,
Quitta, le tout dernier, le temple chancelant.
— Maintenant, cria-t-il, superbe de vaillance :
« L'Eglise peut crouler, allons sauver la France ! »

LE CHEF

C'ÉTAIT un des meilleurs ouvriers de l'usine,
Grand abatteur d'ouvrage et que nulle machine
Ne pouvait égaler. L'œil clair et le bras fort,
Il avait, cependant, l'impardonnable tort
De se mêler, son travail fait, de politique.
Naïf, il caressait l'aurore hypothétique
Qui doit donner à tous le bien-être, l'honneur,
Le génie et la même somme de bonheur.
On l'appelait « Peut Tout » parmi les camarades
Dont il organisait les fréquentes parades,

Etant l'unique chef et l'âme du parti.
Comment à cette cause il s'était converti,
Il ne le savait pas, probablement, lui-même,
Le milieu, les amis, faisant souvent qu'on aime
Ce que, sous d'autres cieux, on eût désapprouvé.
Apôtre militant, il avait soulevé
Souvent, par ses discours, le flot des prolétaires
Et les patrons avaient craint pour leurs phalanstères.
Il attaquait aussi l'église, les soldats,
Ces troupeaux insensés autant que scélérats,
Et prévoyait le jour où toutes les armées
Ne seraient plus que des épaves clairsemées.
Or, la guerre éclata, semant, sous tous les toits,
Des visions d'horreur et de sombres exploits.
Le tocsin retentit, appelant sous les armes,
Dans un grand désarroi de clameur et d'alarmes,
Tous les soldats, pères et fils, d'un seul élan.
Dans le lointain, déjà, grandissait l'ouragan,
Funeste, épouvantable, et dont la véhémence
Allait bouleverser le sol sacré de France.
« Peut Tout » sentit qu'en lui quelque chose sombrait
Et qu'une force neuve en son cœur pénétrait,
Irrésistiblement : l'amour de la patrie
Qu'il avait méprisé durant toute sa vie.
Comme un simple bourgeois, il partit s'enrôler.

Un camarade, un pleutre osa l'interpeller :
— Lâche, vendu !
— C'est tout ? Je m'en vais l'âme haute,
Fier d'avoir, assez tôt, reconnu notre faute.
Vous pouvez ergoter, conspuer, discourir,
Moi, pour que vous viviez, je veux aller mourir !

L'ÉTRANGER

Quand Liége fut envahie, peu avant l'occupation définitive, par quelques centaines d'Allemands, les Liégeois reconnurent à la tête de ceux-ci, avec une indignation compréhensible, le directeur d'une aciérie qui, durant quinze ans avait vécu au milieu d'eux.

(*Les Journaux*).

C'ÉTAIT un homme aimable, à l'abord sympathique,
Qui protégeait les arts, fuyait la politique,
Aux humbles, aux petits, multipliant le bien
Et de l'épiscopat le plus ferme soutien.
Les grands le recherchaient, car il était de race ;

Puis il avait pour lui toute la populace ;
Ils le comblaient d'égards, écoutaient ses avis,
L'appelaient à siéger dans leurs sacrés parvis,
Dont nul ne peut avoir la pleine jouissance
S'il n'a tout à la fois le titre et la naissance.

* * *

Dans Liége la puissante où la Meuse d'argent
Silencieuse met son visage changeant,
Il était directeur d'une importante usine.
En bon sujet germain, fier de son origine,
Il ne dédaignait point le bruit des hauts fourneaux
Qui faisaient prospérer ses vastes capitaux.
Il ne parlait jamais de sa mère patrie,
Et c'était là le seul mystère de sa vie.
Depuis plus de quinze ans fixé dans le pays
Il y était d'ailleurs complètement acquis.

* * *

Or, un matin d'été, dans le ciel émeraude,
Un bruit courut soudain, tel un monstre qui rôde

Et sème la terreur partout sur son chemin :
Demain, la guerre horrible éclaterait demain !
Déjà, venant du nord, un tyran sanguinaire,
Avec sa soldatesque avide et mercenaire,
Outrageant son honneur et flétrissant son nom
S'emparait du pays qu'il broya du talon.
Sans scrupule, sans honte, ivre de sang, de gloire,
— O Destin ! puisses-tu condamner sa mémoire ! —
Il lança ses sujets cent mille contre cent,
Qui mirent tout à sac, après eux ne laissant
Que ruines et deuil. Des lueurs d'incendie
Partout illuminaient l'affreuse tragédie.
Rien ne fut épargné, pas même les enfants
Qu'on tua pour tuer avec eux le printemps !

. . . .
. . . .
. . . .
. . . .
. . . .
. . . . *

Cependant une ville au farouche ennemi
Résistait, éperdue et rasée à demi,
C'était Liége la belle, au passé de vaillance.
Le tyran, irrité contre tant d'insolence,

* Passage supprimé par l'auteur, au dernier moment, pour raison d'opportunité.

Pour la vaincre appela ses plus forts escadrons ;
Et le siège reprit dans le feu, les jurons,
Les assauts furieux, la mort et la mitraille.
Et Liége se rendit au soir de la bataille.
L'ennemi, triomphant, alors dans la cité
Témoin de tant d'horreur et de férocité,
Pénétra bruyamment, par colonnes joyeuses.
Un homme conduisait ces bandes outrageuses,
Un civil, sans vergogne et qui marquait le pas ;
— Mais l'œil se refusait à voir pareil Judas : —
Monsieur le Directeur de l'importante usine,
L'ami des grands, des forts, le Germain d'origine !

LE CHIEN

Il s'appelait Pyram. C'était un grand chien roux,
Au pelage abondant, avec des yeux si doux,
Qu'on eût dit un regard d'enfant dans une bête ;
Son beau corps musculeux, son port, sa belle tête
Respiraient à la fois la force et la bonté.
Quand la guerre éclata, Pyram fut emporté
Par son maître, un vaillant capitaine de ligne,
Qui ne reconnaissait qu'une seule consigne :
A l'appel du pays, donner ses bras, son cœur
Et n'avoir d'ennemis que pour être vainqueur !

Le chef partit, l'un des premiers, l'âme enflammée,
Rejoindre, à son dépôt, ses frères, son armée,
Et Pyram le suivit, dans le grand brouhaha
Et la fièvre que font naître ces moments-là.
Il fut le compagnon fidèle de la troupe,
Partageant des soldats, à l'étape, la soupe,
Et la couche de paille et les luttes d'enfer
Au milieu de la pluie effroyable du fer.
Les balles l'évitaient, ainsi que par miracle ;
On eût dit que, pour lui, quelque céleste oracle
Détournait le danger. Cependant, une nuit,
Son maître fut blessé dans un hameau détruit
Qu'il venait d'enlever dans une rude affaire.
La lune, sur les bois, figure pleine et claire,
Ricanait sur l'énorme et tragique charnier.
Pyram, couché près de l'intrépide guerrier,
Léchait, avec amour, la blessure mortelle
D'où le sang s'écoulait comme une eau qui ruisselle.
Quand on vint relever les blessés et les morts,
Pyram veillait toujours jalousement le corps
De son maître mourant. Il en suivit la trace
A l'ambulance avec un dévoûment tenace.
Chez lui, la vie aussi, peu à peu, s'en allait,
Car il refusait tout, même sa part de lait ;
Il n'avait plus mangé depuis l'heure fatale

Où son maître tomba, frappé par une balle.
On fit au capitaine, ainsi qu'à ses soldats
Des honneurs imposants, dignes de leur trépas.
Pyram suivit encor le funèbre cortège
Et chacun lui laissa ce dernier privilège ;
La douleur remplissait son regard obscurci,
Des frissons secouaient son pauvre corps transi.
Quand on eut refermé la tombe sur les braves,
Planté la croix, inscrit les noms, simples épaves
Que le pays, demain, couronnera de fleurs,
Quand on se fut porté vers de nouveaux malheurs
Et que la nuit eut mis sur la terre son voile,
Pyram revint, tout seul, pleurer vers son étoile.
Il s'étendit au pied de la croix de sapin
Et veilla le cher mort. Mais quand vint le matin,
La bête n'était plus ; fidèle au capitaine,
Elle avait trépassé sur la tombe lointaine
Où le soleil mettait un sourire obstiné ;
Pour la patrie aussi le chien s'était donné !

APRÈS

Quand se terminera la guerre et ses terreurs,
Quand les peuples, enfin, las de sang, de démence,
Vaincus, délaisseront l'objet de leurs fureurs,
Les cœurs renaîtront-ils un jour à l'espérance ?

Se peut-il qu'après tant de deuils, d'atrocités,
L'homme puisse oublier ses haines fanatiques ?
Hélas ! les dieux sont morts qu'il a décapités
Et leurs spectres déjà troublent ses nuits tragiques.

8

Pour avoir trop rêvé, pour s'être trop nourri
D'orgueilleuse grandeur, de luxe, de bassesse,
D'hypocrite bonté, l'homme expie aujourd'hui,
Lourdement, son passé, son aveugle faiblesse.

Et quand se lèvera, demain, l'aube de paix,
Il s'en retournera, confiante victime,
Hélas ! fatalement, sans comprendre jamais,
Les yeux illuminés, vers un nouvel abîme.

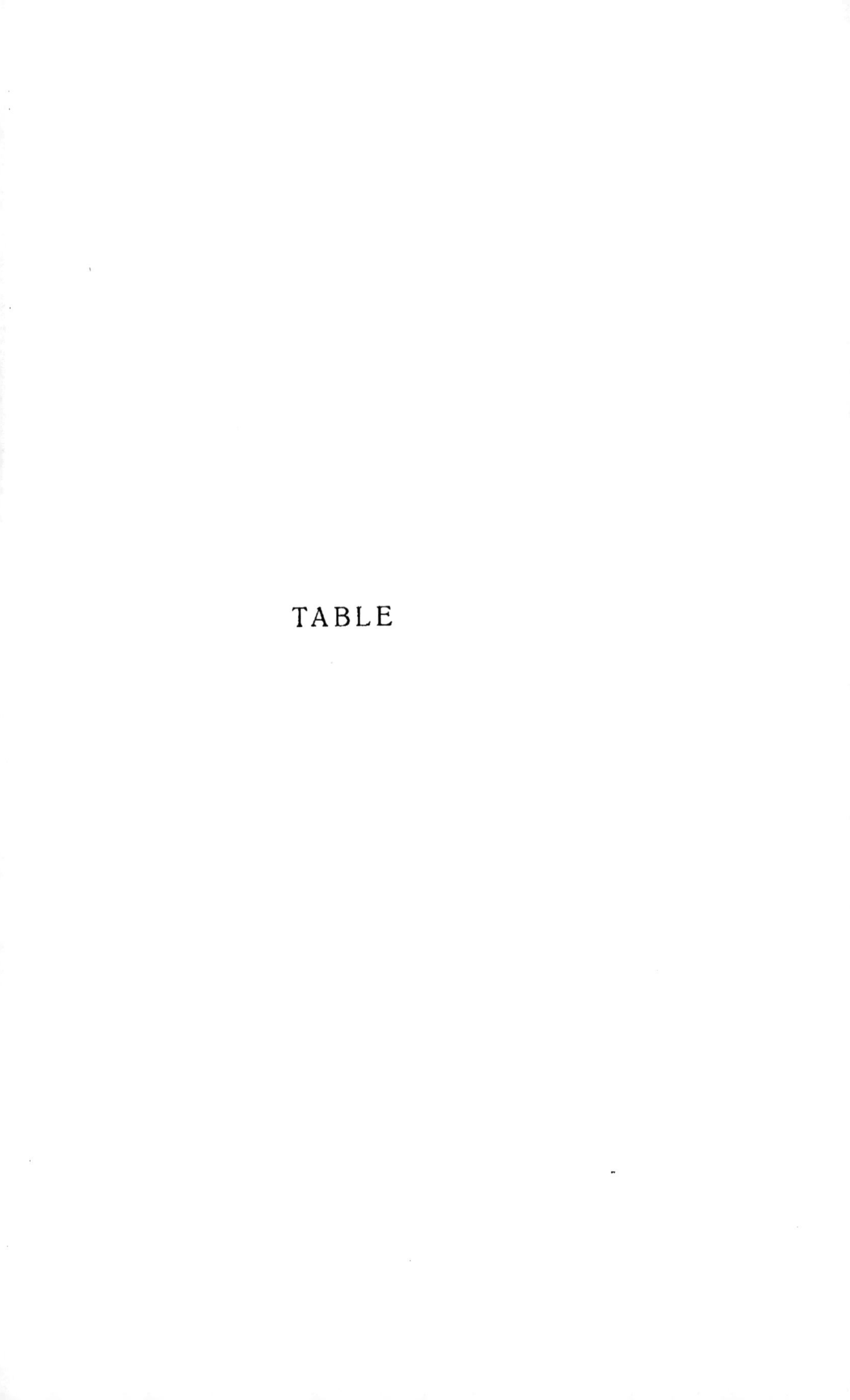

TABLE

TABLE

LAUSANNE IMP. A. PETTER.

www.ingramcontent.com/pod-product-compliance
Ingram Content Group UK Ltd.
Pitfield, Milton Keynes, MK11 3LW, UK
UKHW020920180726
13838UKWH00002B/661